Ki-chan

Written by
Yamamoto Katsuko

Translated by
Toyota Educational Research Association
Foreign Language Section

Illustrated by
Yamamoto Akemi

Preface

What is the most important thing for all mankind? This work gives us an opportunity to consider the answer to this question.

We began the "English Ki-chan Project" because we wanted every middle schooler to know about this wonderful story. When the author first met Ki-chan during the Showa period (in the late 1970s), the surrounding society was rapidly changing, and it was a time when multiple views and ways of life were gaining respect. Through this book Ki-chan, her family and her teachers tell us a timeless tale of the innate love and warmth that we all have at the core of our humanity.

We firmly believe that a day will come when this story of kindness spreads not only across Japan, but throughout the entire world, thanks to this English translation.

Finally, we would like to extend our heartfelt gratitude towards the president of Hakukyu Shoten, Nakane Michimasa, as well as the editor-in-chief of Fubasha, Inc, Ryu Eisho, and this story's author, Yamamoto Katsuko.

Toyota Educational Research Association
Foreign Language Section President Ando Nobuyuki
Vice President Kato Takehiro
Supervisor Kondo Asami
Ki-chan Project Leader Onoda Mai
Kurita Yui
Kondo Naomi
Hasegawa Yosuke
Yamashita Tamae
Yamane Fumiya
ALT Ian Rudolph
Illustration Yamamoto Akemi

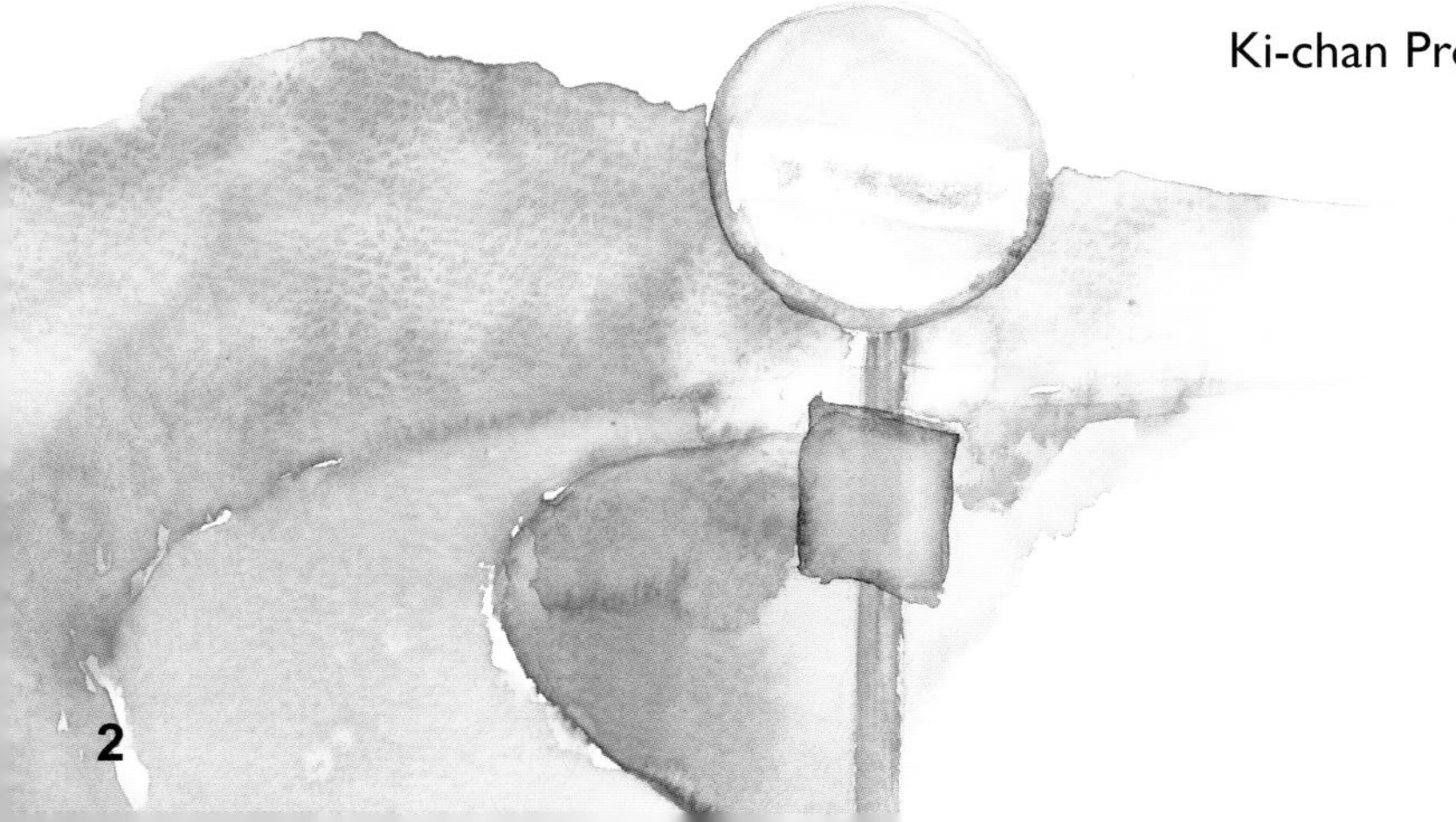

Ki-chan

She always seemed very lonely in the classroom.
She looked down and sat alone.
I was very surprised when she came to see me and said with a happy voice “*sense-*!”.
This was the first time I saw such a happy Ki-chan.
"What's the news?"

"*One-san* is going to get married! I'm going to the wedding."

She said with a smile.

"What should I wear then?"

I felt very happy when I saw her smiling talking about the story.

About one week later, I saw Ki-chan with her head down on her desk crying alone in her classroom.

Her face still wet with tears,

"*Oka-san* told me that she doesn't want me to come to the wedding.

She only cares about *One-san*. I wish I'd never been born..."

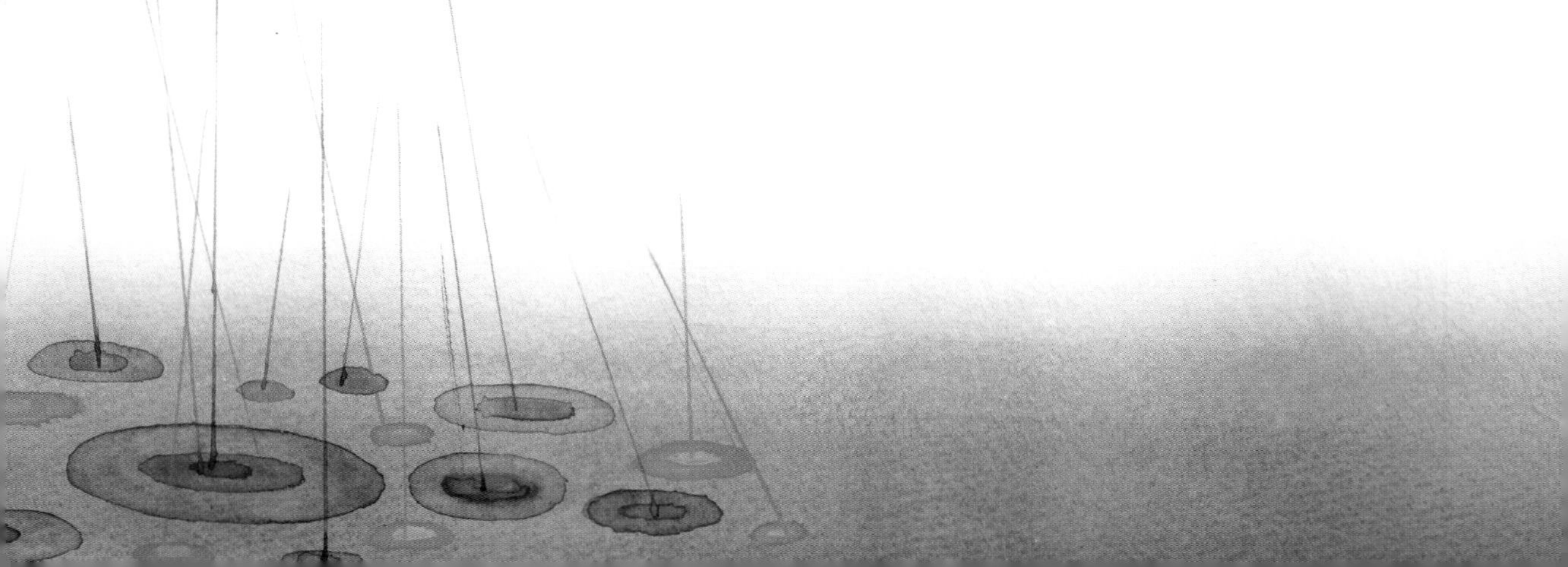

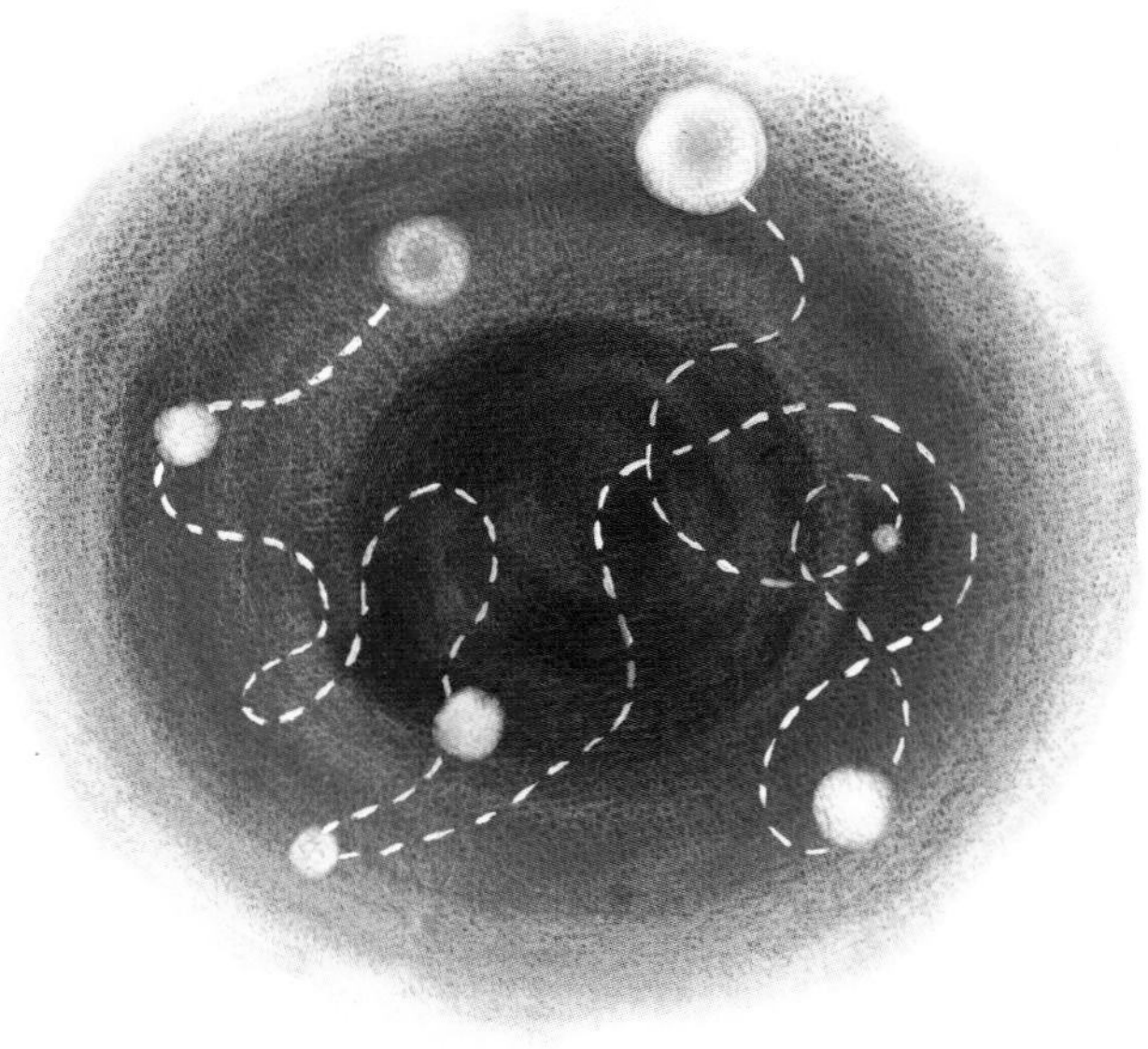

She said with a sad voice. She started crying again.

Oka-san really cares about Ki-chan.

Ki-chan can't move her hands and legs freely because she had a high fever when she was a baby.

Even now that she is in high school, she still attends this school for training.

Every time *Oka-san* came to see her, she left home early.

It took her about four hours, and she changed trains and buses many times.

Even though she was always busy, she never missed a chance to visit her.

She said she would do anything to make Ki-chan happy.

I'm sure that *Oka-san* cared about Ki-chan, but Ki-chan couldn't understand.

Maybe *Oka-san* was simply worried that Ki-chan would make the other guests uncomfortable at the wedding.

"I wish I'd never been born."

Oka-san was probably sad when Ki-chan said those words to her.

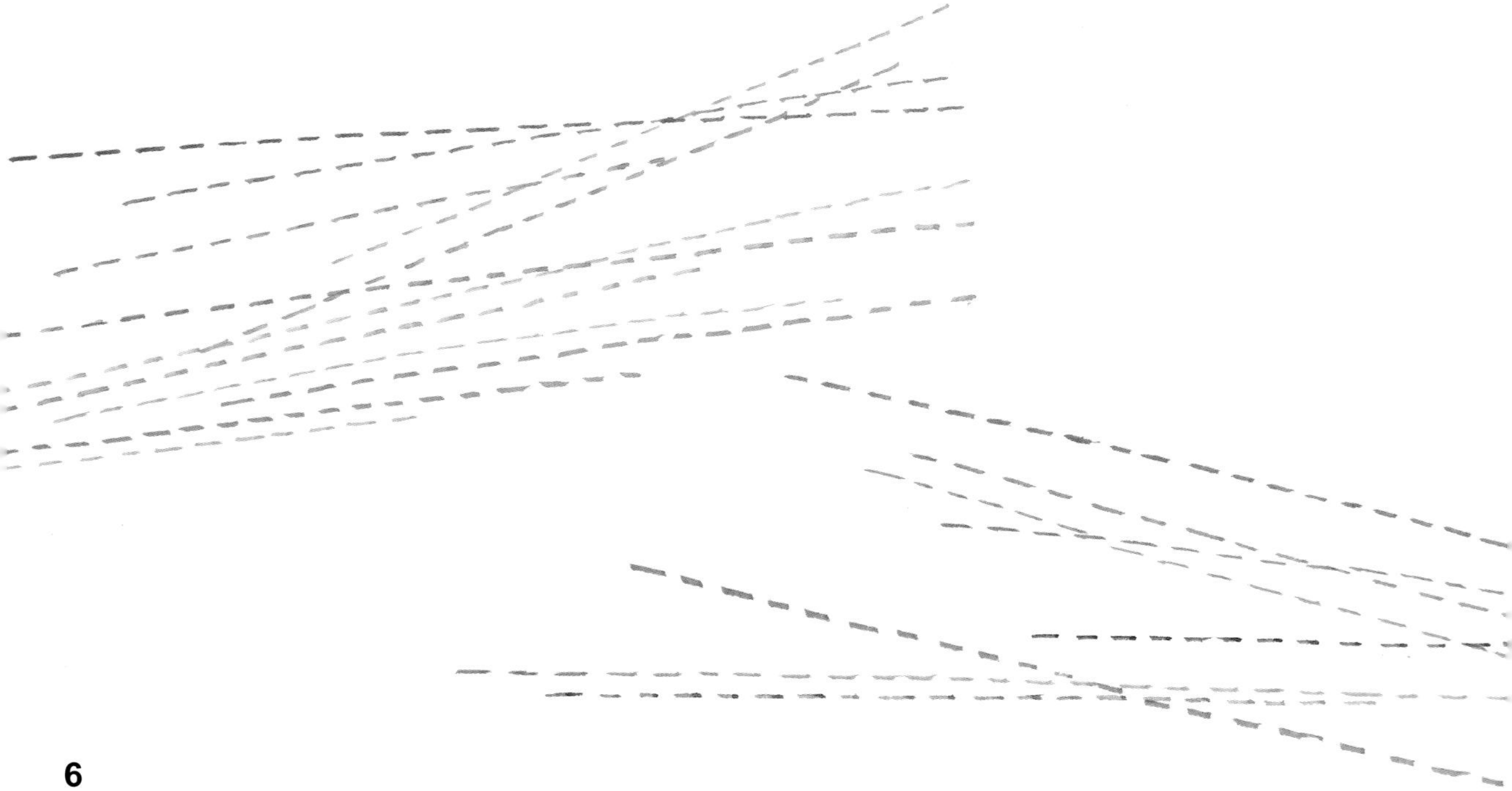

I couldn't do anything.

I could only say " Let's make
a present for *One-san*."

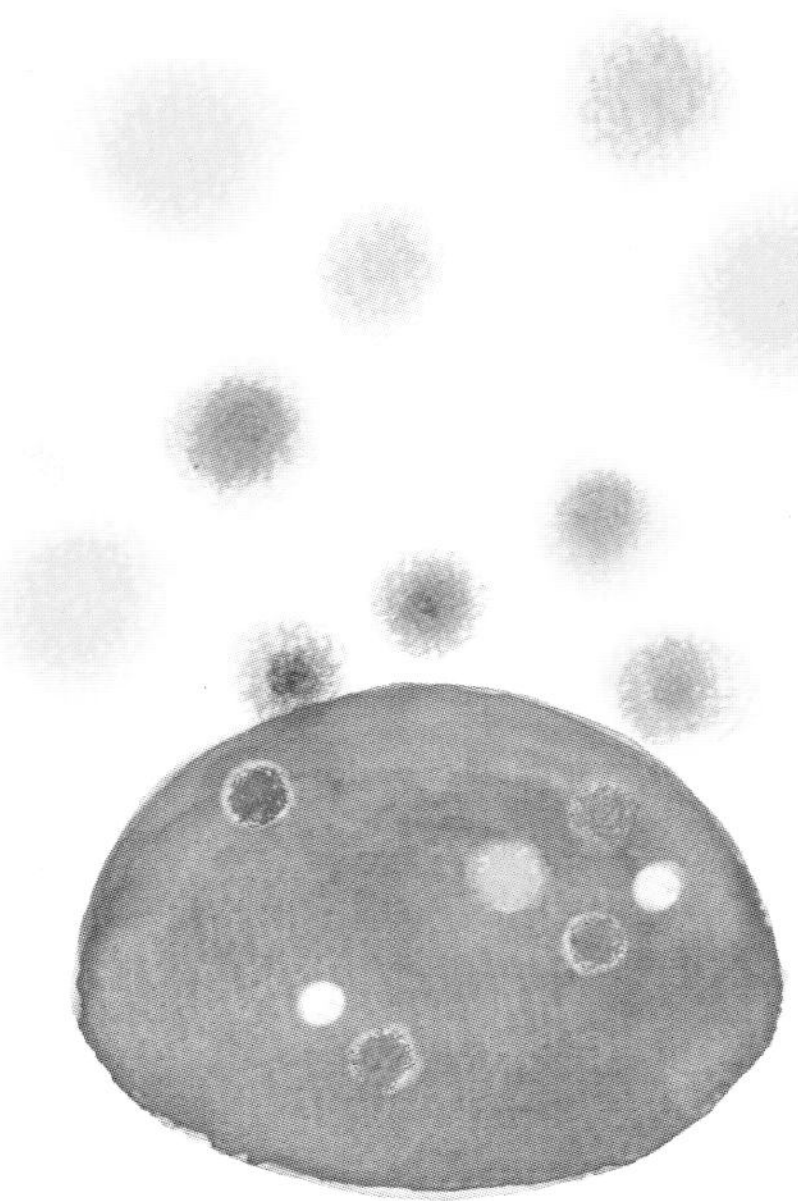

There is a place called Futamata
in Kanazawa.

It is famous for *washi*.

I learned how to dye cloth there.

I bought a white cloth, and Ki-chan and I dyed it
the color of a beautiful sunset.

We decided to use that dyed cloth to make a *yukata*
and to give it to *One-san*.

She sewed and sewed. She got better and better. It
surprised me a lot.

Ki-chan was always working on this *yukata* even
during her break time and after school.

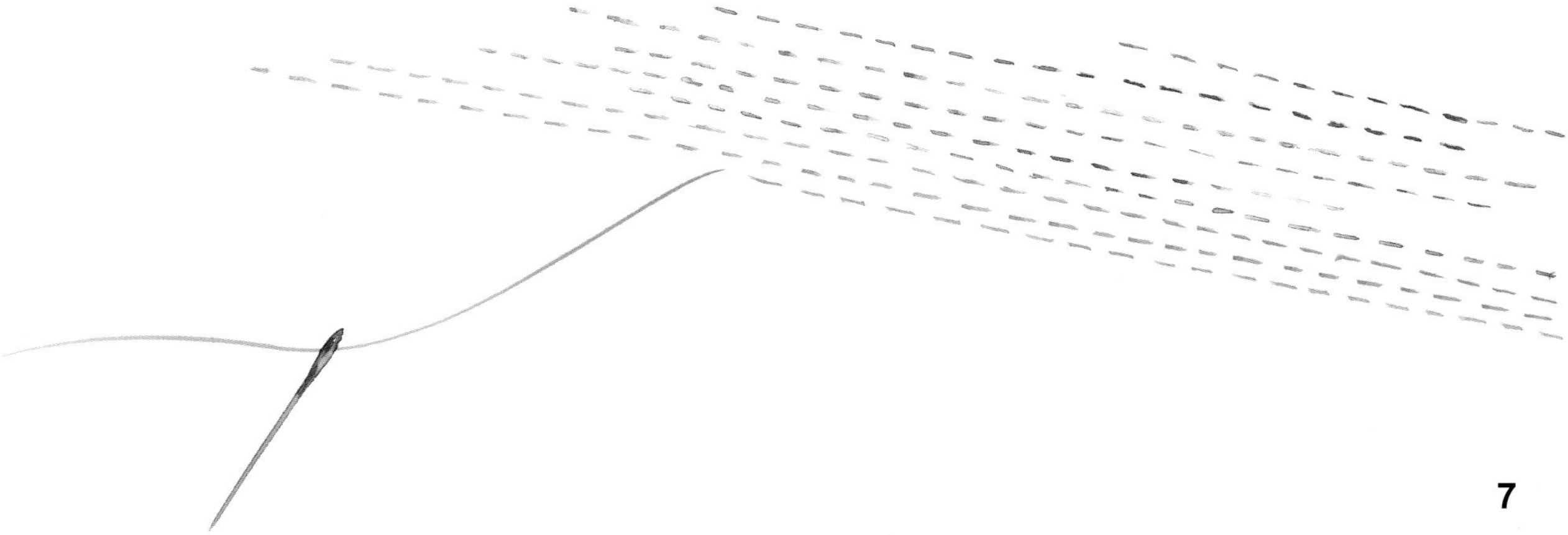

She worked so hard that it made me worried. I was afraid she would get sick.

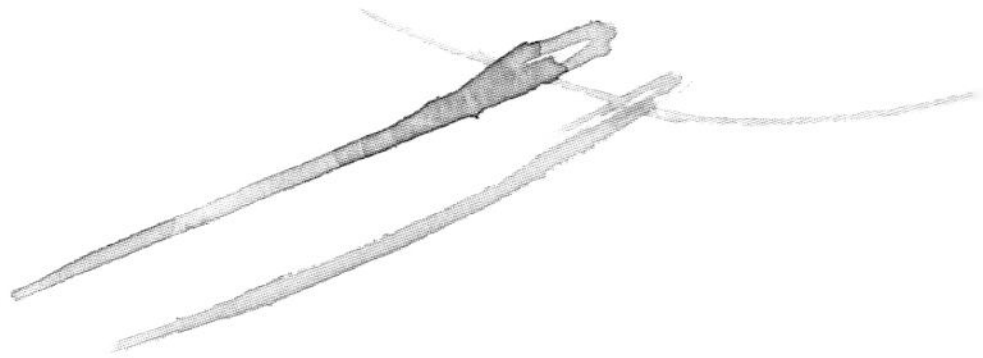

To be honest, I thought it would be difficult for Ki-chan to sew a *yukata*.

Ki-chan often needed assistance when eating and writing because she couldn't easily use her hands or move around by herself.

But we had a sewing machine, and I thought that if I helped her, she would be able to do it.

Ki-chan tried to make a *yukata* without using the machine.

Even when she accidentally hurt her finger with the needle and the cloth turned red with blood, Ki-chan still insisted that she sew the *yukata* by herself.

She said, " This is a gift for *One-san*." and she kept sewing it by herself.

The *yukata* was completed 10 days before the wedding.

I received a phone call from *One-san*.

It was about two days after

I sent the *yukata* to *One-san*.

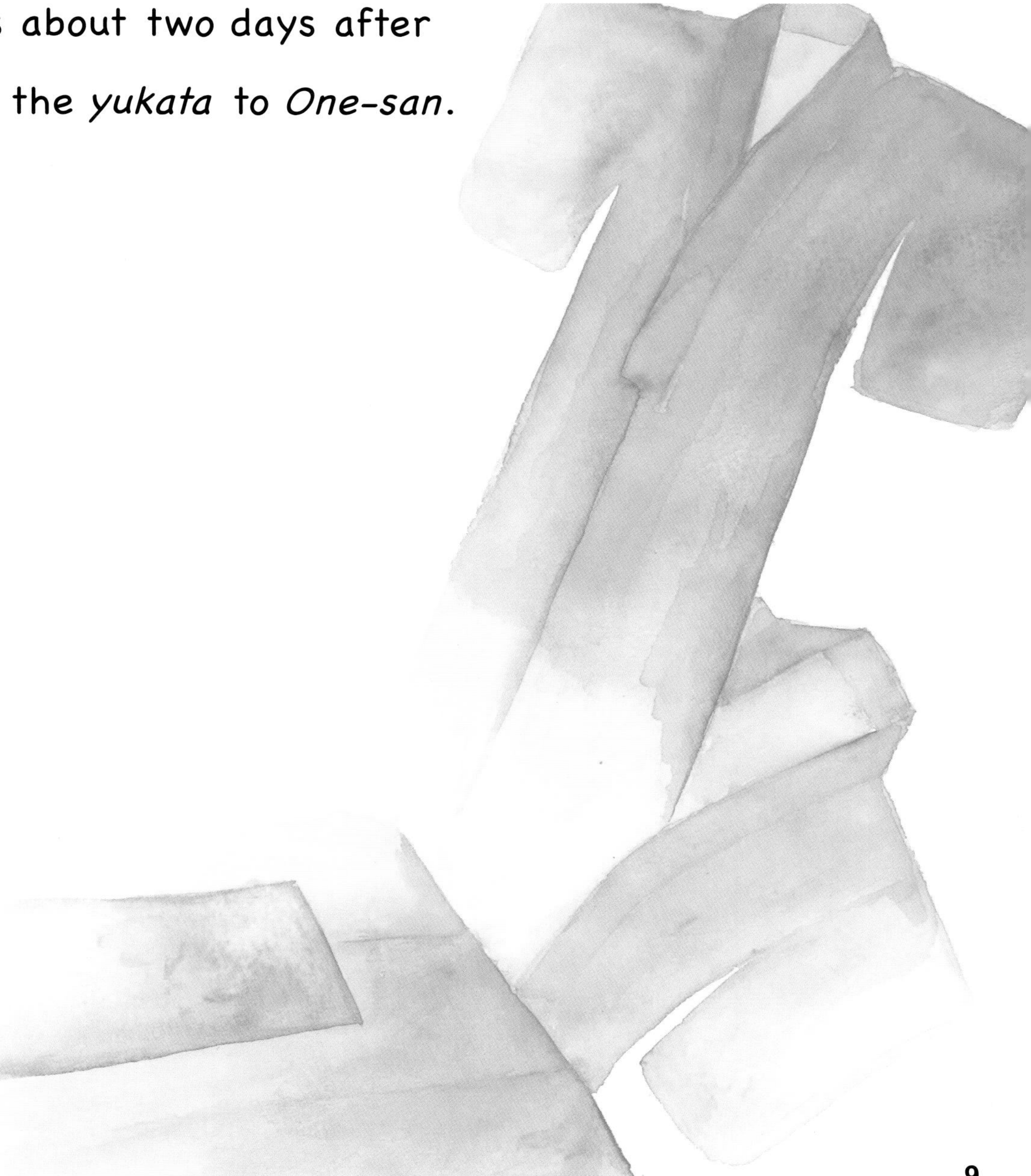

She wanted both Ki-chan and me to come to the wedding.

However, when I thought about how *Oka-san* probably felt, I didn't know what to do.

So I called *Oka-san*.

"*One-san* really wants you to do come, please do."

Oka-san said.

So I decided to go to the wedding with Ki-chan.

One-san was so beautiful in the wedding dress, and she looked very happy.

I felt very happy too, but something bothered me.

As the wedding went on, some people at the wedding were looking at Ki-chan and were talking and whispering to each other.

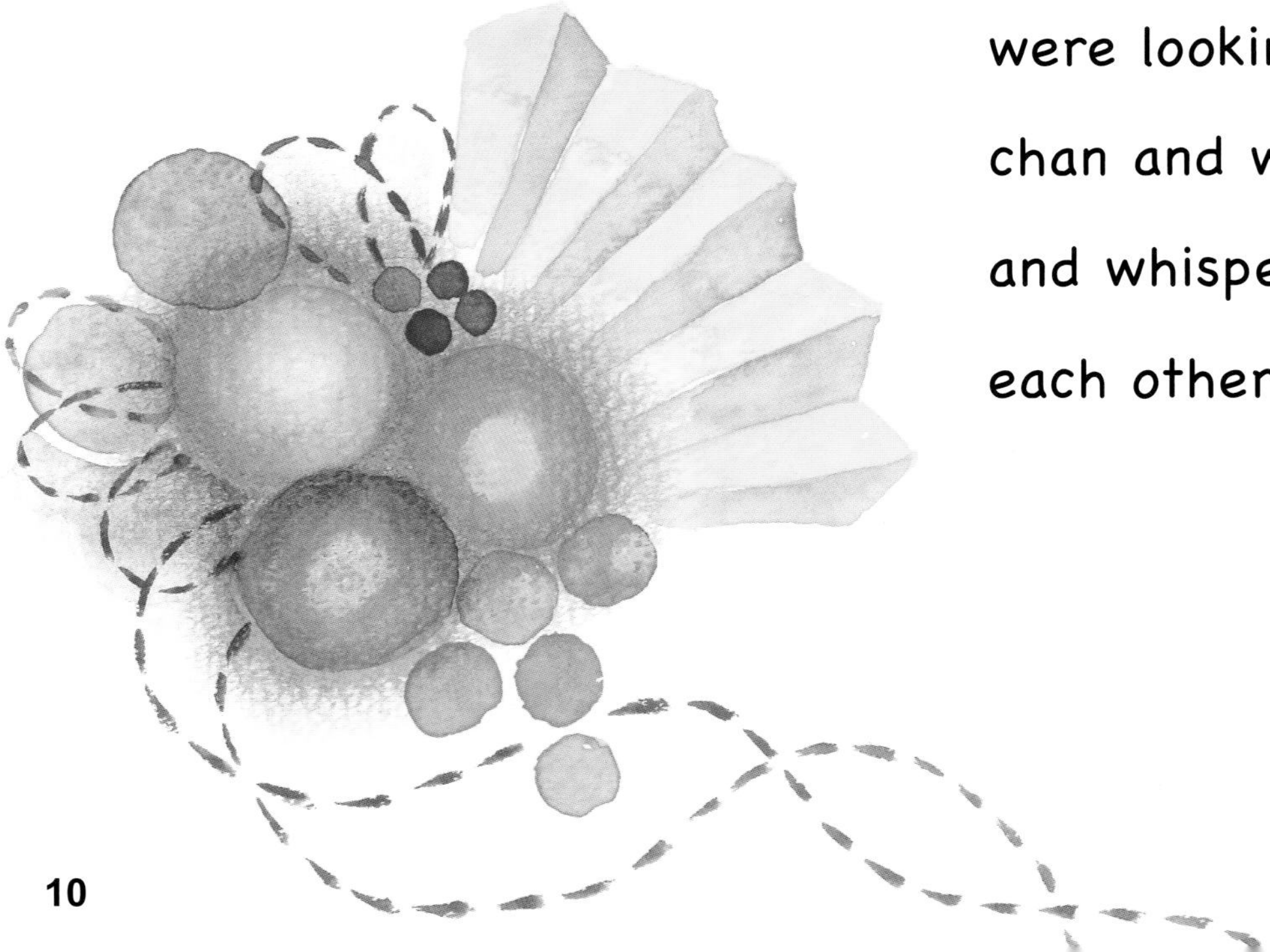

I thought, “ I wonder how
Ki-chan feels about this.
Maybe we shouldn't have come
to the wedding after all.”
Just then, the bride changed her
dress and came back.
To my surprise, *One-san* appeared wearing the
yukata sewn by Ki-chan.
The *yukata* looked good on *One-san*.
Both Ki-chan and I were so happy to see her. We
held hands as we gazed at the beautiful bride.
One-san started to talk, with her husband standing
by her.

"My sister Ki-chan sewed this *yukata* for me. I can tell that it wasn't easy for her.

She had a high fever when she was a baby. She got better, but she was still unable to use her hands and legs freely.

Because of this, she had to live away from home.

I felt sorry for Ki-chan all the time, because our parents were always by my side.

Still, Ki-chan never said a thing. She even made this *yukata* for me.

I'm very proud of her."

One-san introduced us in front of guests.

"This is my wonderful sister."

The audience clapped loudly after her speech.

What lovely sisters! I couldn't stop crying.

Ki-chan was born this way, and will always be herself.

She would be so lonely if she had to hide herself.

I heard that Ki-chan said, "Thank you for bringing me into the world." to *Oka-san*.

Ki- chan became such a cheerful lady.

I think that this is her true self.

After that, Ki-chan started to study *wasai*.

She chose to live as *wasai-shi*.

Notes:

sense- (sensei)	teacher
One-san	older sister
Oka-san	mother
washi	Japanese traditional paper
yukata	traditional Japanese piece of clothing made of light cotton
wasai	Japanese dress making
wasai-shi	Japanese dress maker

Postscript

I am a teacher at a school for special needs children. The students I have met there are my precious friends. They continue to teach me "Life is wonderful.

Love is very important." Ki-chan is one of my precious friends.

After I met Ki-chan, I decided that being a teacher is more than just teaching and giving orders. I think that even though I was born before Ki-chan, the only difference is our hair is long or short. I think we live to teach, learn from and help each other even if we are adults and they are children.

In the world there are men, women, people who live in other countries, people with different skin colors, people who use different languages, people who are tall or short, and people who have disabilities or do not. There are so many kinds of people in the world. We're all different. It would be so great if we could accept each other. We all live together.

Ki-chan is still doing wasai while living with her sister, brother-in-law, father and mother. I'm sure she continues to do a good job carefully sewing kimonos with all her heart.

Spring of 1999

Yamamoto Katsuko

訳者より

人間にとって最も大切なものはなにか。その答えを考えるきっかけを与えてくれる１冊です。この素敵な１冊をたくさんの中学生に知ってもらいたいと思い、わたしたちは「英語版きいちゃんプロジェクト」を立ち上げました。

作者がきいちゃんと出会った当時（昭和 50 年代）とは、人々を取り巻く環境は大きく変わり、多様な価値観や生き方が尊重される時代となりました。しかし、登場人物のきいちゃん、家族、先生は、いつの時代でも変わらない、人間本来のもつ普遍的な愛と温かみをこの本の中で伝えてくれています。

英語に翻訳することにより、日本だけでなく、世界中にこの優しい物語が広がる日々が来ることを信じてやみません。

最後になりますが、白久商店社長　中根陸雅様、風媒社編集長 劉永昇様、そして作者 山元加津子様に心から感謝申し上げます。

2022 年 12 月

豊田市教育研究会　外国語部会（中学校）　会　長　安藤　信之（稲武中）
副会長　加藤　丈博（中山小）
主　任　近藤麻沙美（旭　中）
きいちゃんプロジェクトリーダー　小野田　舞（竜神中）
栗田　勇猪（梅坪台中）
近藤　直美（小原中）
長谷川陽介（下山中）
山下　珠枝（浄水中）
山根　史弥（益富中）
ＡＬＴ　イアン・ルドルフ
挿　絵　山本　朱実（稲武中）

きいちゃん（英語版）

2023年 4月 1日　第 1 刷 発行

著者　山元加津子　／　訳者　豊田市教育研究会 外国語部会

発行元　白久　／　発行所　風媒社

〒460-0011 名古屋市中区大須1-16-29　tel.052-218-7808

978-4-8331-5444-4

きいちゃん

山元加津子・作

篠遠すみこ・絵

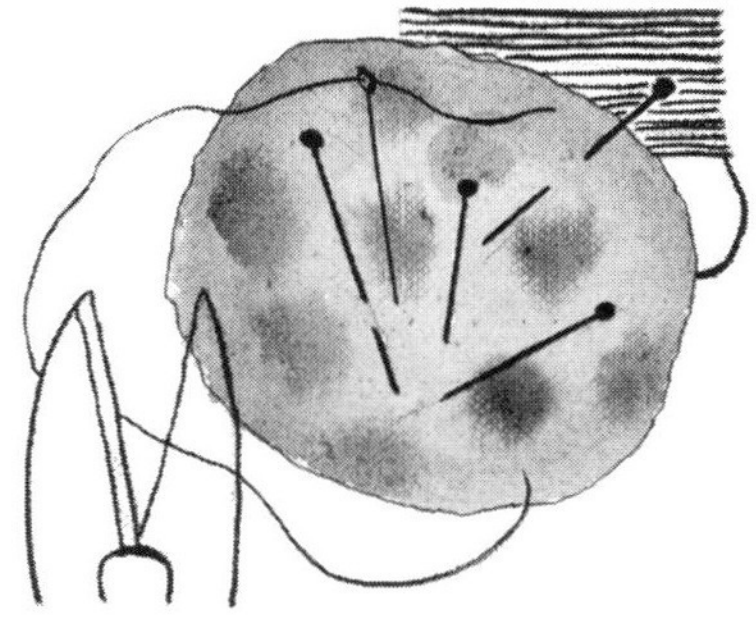

集団読書テキスト　A54

全国学校図書館協議会

山元加津子

（やまもと・かつこ）

一九五七年、金沢市に生まれました。富山大学理学部を卒業後、小松瀬領養護学校を経て、一年間小学校などで講師を経験したあと、養護学校の教員となり、現在は明和養護学校に勤務しています。養護学校に勤めるかたわら執筆活動を続け、出会った子どもたちとの交流や、交流する中で気づいた大切なことを、その著書や講演会、作詞・作曲などを通して発表しています。

著書には、『さびしいときは心のかぜです』『僕の上の星☆君の上の星』（共に原田大助・山元加津子編著）、『たんぽぽの仲間たち』、『ゆうきくんの海』、『本当のことだから』などがあります。

作品には、小学校や養護学校で出会った子どもたちへの愛情があふれています。人の気持ちや人の生きる意味について考えさせられる作品が多く、涙とともに多くの共感者を得ています。新聞やテレビ、ラジオなどに取り上げられることも多々あります。

きいちゃん

きいちゃんは、教室の中でいつもさびしそうでした。たいていのとき、うつむいてひとりぼっちですわっていました。

だから、きいちゃんが職員室《しょくいんしつ》のわたしのところへ、「せんせー」って大きな声でとびこんできてくれたときは、本当にびっくりしました。こんなにうれしそうなきいちゃんを、わたしは初《はじ》めて見ました。

「どうしたの？」

そうたずねると、きいちゃんは、

「おねえさんが結婚《けっこん》するの。わたし、結婚式に出るのよ」

って、にこにこしながら教えてくれました。

「わたし、なに着ていこうかな？」

と、とびきりの笑顔《えがお》で話すきいちゃんに、わたしもとてもうれしくなりました。

それから一週間くらいたったころ、教室で机《つくえ》に顔を押《お》しつけるようにして、ひとりで泣《な》いているきいちゃんを見つけました。

涙《なみだ》でぬれた顔をあげて、

「おかあさんがわたしに、結婚式に出ないでほしいっていうの。おかあさんは、わたしのことがはずかしいのよ。おねえさんのことばかり考えているの。わたしなんて、生まれてこなければよかったのに…」

やっとのことでそういうと、また、はげしく泣《な》きました。

でも、きいちゃんのおかあさんは、いつもいつもきいちゃんのことばかり考えているような人でした。

きいちゃんは、小さいときに高熱《こうねつ》が出て、それがもとで手や足が思うように動かなくなってしまいました。そして、高校生になった今も、訓練《くんれん》をうけるためにお家を遠くはなれて、この学校へきていたのです。

おかあさんは面会日のたびに、まだ暗いうちに家を出て、電車やバスをいくつも乗りつぎ、四時間もかけてきいちゃんに会いにこられていたのです。

お仕事がどんなに大変《たいへん》でも、きいちゃんに会いにこられるのを一度もお休みしたことはないくらいでした。そして、きいちゃんの喜《よろこ》ぶことはなんでもしたいのだ、と話しておられました。

だから、おかあさんは、きいちゃんがいうように、けっしておねえさんのことばかり考えていたわけではないのです。ただ、もしかしたら、おかあさんは、きいちゃんが結婚式《けっこんしき》に出ることで、おねえさんに肩身《かたみ》のせまい思いをさせるのではないか、手や足が思うように動かない子どもが生まれるのでは、とまわりの人に誤解《ごかい》されるのではないか、と心配なさっていたのかもしれません。

「生まれてこなければよかったのに」と、きいちゃんにいわれたおかあさんも、どんなに悲しい思いをしておられるだろう、とわたしは心配でした。

けれど、わたしは、何をすることもできませんでした。ただ、きいちゃんに、

「結婚式《けっこんしき》のお祝《いわ》いのプレゼントをつくろうよ」

といいました。

金沢《かなざわ》の山の方に、和紙を作っている二俣《ふたまた》というところがあります。そこで、わたしは、布《ぬの》の染《そ》め方をならってきました。まっ白な布を買ってきて、きいちゃんといっしょに夕日の色に染めました。その布で、ゆかたをぬってプレゼントすることにしたのです。

わたしは、びっくりしたのだけれど、きいちゃんは、ぬうのがどんどんどんどん上手《じょうず》になっていきました。

学校の休み時間も、宿舎《しゅくしゃ》の学園へ帰ってからも、き

いちゃんはずっとゆかたをぬっていました。体をこわしてしまうのではないか、と思うくらい一所懸命《いっしょけんめい》ぬいつづけました。

本当をいうとわたしは、きいちゃんがゆかたをぬうのはむずかしいかもしれないと思っていました。きいちゃんは、手や足をなかなか思ったところへもっていけないので、ごはんを食べたり、字を書いたりするときも、だれかほかの人といっしょにすることが多かったのです。でも、ミシンもあるし、いっしょに針《はり》を持てばなんとかなる、とわたしは考えていました。

でも、きいちゃんは、

「ぜったいにひとりでぬう」

といいはりました。まちがって針で指をさして、練習用

の布《ぬの》が血でまっ赤になっても、

「おねえちゃんの結婚《けっこん》のプレゼントなんだもの」

って、ひとりでぬうのをやめようとはしませんでした。

　結婚式の十日前に、ゆかたはできあがりました。

　宅《たっ》急《きゅう》便《びん》で、おねえさんのところへゆかたを送ってから二日ほどたったころでした。きいちゃんのおねえさんから、わたしのところに電話がかかってきました。

おねえさんは、きいちゃんだけでなくて、わたしにまで結婚式《けっこんしき》に出てほしいというのです。わたしは、きいちゃんのおかあさんの気持ちを考えると、どうしたらいいのかわからず、おかあさんに電話をしました。

おかあさんは、

「あの子が、どうしてもそうしたいというのです。出てあげてください」

とおっしゃるのです。わたしは、きいちゃんと結婚式に出ることにしました。

花《はな》嫁姿《よめすがた》のおねえさんは、とてもきれいでした。そして幸せそうでした。わたしもとても幸せな気持ちになりました。でも、気になることがありました。

式が進むにつれて、結婚式に出ておられた何人かの方

がきいちゃんを見て、なにかひそひそ話しているのです。わたしは、

（きいちゃんは、どう思っているかしら。やっぱり出ないほうがよかったのではないかしら）

と、そんなことを考えていたときでした。花嫁《はなよめ》さんがお色直しをして扉《とびら》から出てきました。

おねえさんは、きいちゃんがぬったあのゆかたをきて出てきたのです。ゆかたは、おねえさんにとてもよく似《に》あっていました。きいちゃんもわたしもうれしくてたまらず、手をにぎりあって、きれいなおねえさんばかり見つめていました。

おねえさんは、おむこさんとマイクの前にたたれて、こんなふうに話しだされました。

「このゆかたは、わたしの妹がぬってくれました。妹は、小さいときに高い熱が出て、手足が不自由になりました。そのために家から離《はな》れて生活しなくてはなりませんでした。家で父や母と暮《く》らしているわたしのことをうらんでいるのではないかと思ったこともありました。でも、妹はそんなことはけっしてなく、わたしのためにこんなりっぱなゆかたをぬってくれたのです。妹はわたしの誇《ほこ》りです」

そして、きいちゃんとわたしを呼《よ》んで、わたしたちを紹介《しょうかい》してくれました。

「これがわたしの大事な妹です」

式場中が、おおきな拍手《はくしゅ》でいっぱいになりました。

なんてすばらしい姉妹でしょう。わたしは、涙《なみだ》があふれてきて、どうしてもとめることはできませんでした。

　きいちゃんは、きいちゃんとして生まれ、きいちゃんとして生きてきました。そしてこれからも、きいちゃんとして生きていくのです。もし、名前《なまえ》をかくしたり、かくれたりしなければならなかったら、きいちゃんの生活はどんなにさびしいものになったでしょうか。

　きいちゃんは、おかあさんに、「生んでくれてありがとう」と、お話したそうです。

　きいちゃんは、とても明るい女の子になりました。これが、本当のきいちゃんの姿《すがた》だったのだと思います。あのあと、きいちゃんは和裁《わさい》を習いたいといいました。そして、それを一生のお仕事に選《えら》びました。

わたしは、養護《ようご》学校の教員をしています。そこで出会った子どもたちは、わたしにとってかけがえのない友だちです。いつも生きるってとてもすてきなことなのだ、大好《す》きなことがとても大切なのだと教えつづけてくれるのです。きいちゃんもまた、わたしの大切な友だちのひとりです。

わたしは、きいちゃんたちに出会って、自分は教員だから教えるんだ、指導《しどう》するんだ、と思うのをやめることにしました。わたしは、きいちゃんより先に生まれたけれど、それは髪《かみ》の長さが長いか短いかくらいの違《ちが》いじゃないかと思ったのです。人と人はどんな関《かん》係《けい》であっても、教えあい学びあい、助けあって生きているんだと思ったからです。

地球には、男の人、女の人、国の違う人、肌《はだ》の色が違う人、ことばの違う人、背《せい》の高さが違う人、障害《しょうがい》のある人、ない人、いろいろな人がいます。生きている人みんながすてきだということ、みんないろいろだけど、だからこそすてきだということを、みんなで考えるようになったら、どんなにいいでしょう。

きいちゃんは、おねえさんやお義兄《にい》さんやお父さんやお母さんと一緒《いっしょ》にくらしながら、今も和裁《わさい》をつづけています。おねえさんのゆかたをぬったときと同じように、ひと針《はり》ひと針、ていねいに心をこめて着物をぬいつづけているに違《ちが》いありません。

一九九九年　春

山《やま》元《もと》加《か》津《つ》子《こ》の年《ねん》譜《ぷ》

西暦(年号)	満年齢	できごと
一九五七年(昭和三二年)		金沢市に生まれる。
一九七五年(昭和五〇年)	一八歳	富山大学理学部入学。
一九七九年(昭和五四年)	二二歳	富山大学理学部卒業。一年間、小学校などの講師をする。
一九八〇年(昭和五五年)	二四歳	石川県立養護学校に赴任。
一九八三年(昭和五八年)	二七歳	石川県立医王養護学校小松みどり分校に赴任。
一九八五年(昭和六〇年)	二九歳	石川県立明和養護学校に赴任。
一九八六年(昭和六一年)	三〇歳	石川県立綿城養護学校に赴任。
一九九五年(平成　七年)	三八歳	詩画集『さびしいときは心のかぜです』(樹心社、原田大助との共著)刊行。
一九九六年(平成　八年)	三九歳	石川県立小松瀬領養護学校に異動。『たんぽぽの仲間たち』「きいちゃんの浴衣」発表(三五館)、詩画集『僕の上の星☆君の上の星』(樹心社、原田大助との共著)刊行。
一九九八年(平成一〇年)	四一歳	『原田大助詩画集:好きやって…言わないくらい好きやって』(小学館、原田大助との共著)刊行。
一九九九年(平成一一年)	四二歳	『きいちゃん』(アリス館、多田順絵)、『ゆうきくんの海』(三五館)刊行。
二〇〇〇年(平成一二年)	四三歳	『好き好き大好きの魔法』(三五館)刊行。
二〇〇一年(平成一三年)	四四歳	『あふりか!たんぽぽノート』(三五館、大谷昌弘写真)、『土の中には見えないけれどいつも

		いっぱい種がある：原田大助詩集』（金の星社、原田大助との共著）刊行。
二〇〇二年（平成一四年）	四五歳	『きいちゃん』が光村図書の六年国語の教科書に採用される。『あなたといつもつながっていられたらいいのに：しっぽみたいに』（青心社、大谷昌弘写真）、『いちじくという名の犬と…』（アリス館）刊行。
二〇〇三年（平成一五年）	四六歳	『心は羽がはえているから：詩画集』（北水）、『想っている：しっぽみたいに2』（青心社、大谷昌弘写真）、『違うってことはもっと仲良くなれること』（樹心社）刊行。
二〇〇四年（平成一六年）	四七歳	石川県立明和養護学校に異動。『本当のことだから：”いつかいい日のため“の宇宙の秘密』（三五館）刊行。
二〇〇五年（平成一七年）	四八歳	『魔女・モナの物語』（青心社）刊行。
二〇〇六年（平成一八年）	四九歳	『心の痛みを受けとめること』（PHPエディターズ・グループ、今井ちひろ絵）刊行。
二〇〇七年（平成一九年）	五〇歳	『宇宙《そら》の約束：私はあなただったかも』（三五館）、『魔法の国エルガンダの秘密：魔女・モナの物語2』（青心社）、『約束：般若心経は「愛の詩」』（三五館）刊行。
二〇〇八年（平成二〇年）	五一歳	『宇宙は、今日も私を愛してくれる』（三五館）刊行。
二〇一一年（平成二三年）	五四歳	『手をつなげば、あたたかい。：宇宙がくれた「優しい力」』（サンマーク出版）刊行。

☆「きいちゃん」は、1999年にアリス館から刊行された『きいちゃん』を原拠としています。

きいちゃん

集団読書テキスト　A54

2008年4月30日　初版発行
2012年4月2日　第2刷

著　者　山《やま》元《もと》加《か》津《つ》子《こ》
編　者　全国SLA集団読書テキスト委員会
（本巻担当　蔭山美穂子）
挿　絵　篠遠すみこ
表　紙　いとうひろし
発行者　森田盛行
印刷所　暁印刷
製本所　中澤製本所

発行所　公益社団法人　全国学校図書館協議会
〒112-0003　東京都文京区春日2-2-7　電話03-3814-4317
FAX03-3814-1790

分類 913.6

ISBN 978-4-7933-7054-0